죽은 돈과 산 돈

글 김현애 l 그림 황문희

옛날 어느 마을에 부자 영감이 살고 있었어요.
어느 날, 부자 영감은 개울을 건너다가
그만 엽전* 한 닢*을 떨어뜨리고 말았어요.
"그것 참, 귀한 엽전을 떨어뜨렸으니 이를 어쩌나!"
부자 영감은 안타까운 듯 개울을 바라보았어요.

*엽전 : 놋쇠로 만든 옛날 돈. 둥글고 납작하며 가운데에 네모진 구멍이 있음.
*닢 : 엽전 등 납작한 물건을 세는 데 쓰는 말.

4

엽전을 찾아야겠다고 생각한 부자 영감은
바지를 둘둘 걷어붙이고 개울로 들어갔어요.
그러고는 물 속을 들여다보며 열심히 엽전을 찾았어요.
"분명히 여기에 떨어뜨린 것 같은데……."
"영감님, 거기서 뭘 하고 계십니까?"
마침 다리를 건너던 농부들이 물었어요.
"엽전을 찾고 있다네."

7

그러자 농부들도 바지를 걷어붙이고
개울 속으로 뛰어들었어요.
"영감님, 우리가 함께 찾아 드릴게요."
"고맙네, 엽전을 찾으면 한 닢씩 줄 테니 잘 찾아 보게."
농부들은 그 말을 듣고 부자 영감이
엽전을 많이 떨어뜨렸을 거라고 생각했어요.
그래서 부자 영감과 함께 열심히 개울 바닥을 뒤졌답니다.

얼마 뒤, 한 농부가 소리쳤어요.
"여기 엽전 한 닢을 찾았어요!"
농부가 엽전을 찾았다는 말에 부자 영감은 몹시 기뻐했어요.
"드디어 찾았군. 고맙네."
부자 영감이 개울 밖으로 나가자,
한 농부가 어리둥절해하며 물었어요.

"영감님, 잃어버린 돈이 엽전 한 닢입니까?"
"그렇다네. 잃어버린 엽전을 찾아 주었으니 약속대로
자네들에게 엽전 한 닢씩 주겠네."
부자 영감은 농부들에게 엽전 한 닢씩을 나누어 주었어요.
"아니, 겨우 엽전 한 닢을 찾으려고 우리들에게
개울을 뒤지게 했나요?"

한 농부가 얼굴을 찌푸리며 투덜거렸어요.
"부자라고 우리를 이렇게 업신여겨도* 된단 말입니까?"
다른 농부도 화를 내며 큰 소리로 따지고 들었어요.
화를 내는 농부들에게 부자 영감이 말했어요.
"개울에 빠진 엽전을 찾지 않으면 영영 죽은 돈이 되고 말지.
하지만 다시 찾으면 이렇게 산 돈이 되어 귀하게 쓰이지 않겠나?"
그제야 농부들은 고개를 끄덕였어요.

*업신여기다 : 젠체하며 보잘것없게 여기다.

"듣고 보니 영감님 말씀이 옳습니다.
우리도 죽은 돈을 살려 낸 것으로 족하니
이 엽전을 받지 않겠습니다."
농부들이 받았던 엽전을 내밀며 말했어요.
그러자 부자 영감이 손을 내저으며 대답했어요.
"죽은 돈을 살리기 위해 쓴 것이니 도로 받을 수는 없다네.
자네들이 그 엽전을 값있게 쓰면
엽전 네 닢이 모두 살아나는 것 아니겠나?"
부자 영감의 말을 들은 농부들은 엽전 한 닢씩을
받아 들고 웃으며 돌아갔답니다.

집으로 돌아온 부자 영감은 돈궤*를 정리하다가
귀퉁이가 떨어져 나간 엽전을 발견했어요.
부자 영감은 당장 하인을 불러 말했어요.
"대장간으로 가서 엽전의 귀퉁이를 땜질*해 오너라."
"네, 주인님."

*돈궤 : 돈을 넣어 두는 상자.
*땜질 : (깨어지거나 뚫어진 곳을) 때워 고치는 일.

하인은 달려가서 대장장이*에게 엽전을 내밀며 말했어요.
"이 엽전의 귀퉁이를 땜질해 주세요."
"이 엽전을 땜질하려면 품삯을 세 닢 받아야 하는데,
한 닢짜리 엽전을 땜질하려고 세 닢을 쓴다면 손해가 아닌가?"
대장장이의 말에 하인은 고개를 끄덕였어요.
하인은 엽전을 도로 들고 집으로 돌아왔어요.

*대장장이 : 대장간에서 쇠를 다루어 온갖 연장을 만드는 일을 직업으로 하는 사람.

"왜 엽전을 도로 들고 왔느냐?"

하인은 부자 영감이 묻자 의기양양*하게 대답했어요.

"주인님, 이 엽전을 땜질하는 데 품삯*이 세 닢이나 든답니다."

그러자 부자 영감은 빙그레 웃으며 하인에게 물었어요.

엽전 한 닢을 고치려고 세 닢을 쓰면

두 닢을 손해 본다는 말이렷다."

"그렇습니다. 주인님."

*의기양양 : (바라던 대로 되어) 아주 자랑스럽게 행동하는 모양.
*품삯 : 남의 일을 해 주는 것에 대한 대가.

하인은 말을 이었어요.

"엽전 세 닢으로 한 닢을 고치는 것은 어리석은 일이잖습니까?

그래서 이렇게 도로 들고 왔습니다."

하인은 분명히 주인이 칭찬할 것이라 생각했어요.

하지만 부자 영감은 허허 웃으며 말했어요.

"그렇다 하더라도 이 엽전은 고쳐야 하니

어서 다시 대장간에 다녀오거라."

하인은 고개를 갸웃갸웃 했어요.

부자 영감은 자신의 생각을 하인에게 말해 주었어요.
"돈이 사람을 편하게 해 주는 것처럼
사람도 돈이 제 구실을 하게 해 주어야 하는 것이다.
귀퉁이 떨어진 엽전이 제 구실을 할 수 있다고 생각하느냐?"
부자 영감의 물음에 하인은 고개를 저었어요.
그러자 부자 영감이 다시 물었어요.
"그러면 그 돈은 죽은 돈이 되겠지?"
"그렇지요."

"이 엽전을 수리하면 내 돈 한 닢을 구하는 것일 뿐만 아니라
대장장이에게 주는 세 닢을 합하여
나랏돈 네 닢을 살리는 것이니라.
이제 대장간에 가서 땜질을 해 오라는 뜻을 알겠지?"
하인은 미심쩍은* 듯 여전히 고개를 갸웃거렸어요.
"주인님, 그래도 손해를 보시는 것 아닙니까?"

*미심쩍다 : (일이 분명치 못하여) 마음에 거리끼다.

부자 영감은 하인에게 대장장이에게 줄
엽전 세 닢을 쥐어 주며 말했어요.
"부자일수록 돈이 바르게
쓰일 수 있도록 해야 한단다.
내 손에서 떠난 이 세 닢의 엽전은
제 몫을 다할 것이니
그것만으로도 보람된 일이 아니냐."
그제야 하인은 고개를 끄덕이며 미소를 지었어요.

하인은 대장간으로 가면서 생각했어요.
'부자는 아무나 되는 것이 아니야.
우리 주인처럼 돈을 귀하게 여겨야
진짜 부자가 되는 거야.'
하인은 주인에게서 배운 돈의 귀중함을
몸소 실천하였어요. 나중에 많은 돈을 모아
귀하게 쓰게 되었지요.
모두 올바른 주인에게서 배운 지혜 때문이었답니다.

죽은 돈과 산 돈

내가 만드는 이야기

아이들이 들려 주는 이야기를 들어 본 적이 있나요?

그 이야기 속에는 아이들의 무한한 상상력과 창의력이 담겨 있음을 발견하게 될 것입니다.

번호대로 그림을 보면서 앞에서 읽었던 내용을 생각하고,

아이들만의 상상력과 창의력이 표현된 이야기를 만들어 보게 해 주세요.

죽은 돈과 산 돈

옛날 옛적 부자와 돈 이야기

〈죽은 돈과 산 돈〉에서는 돈을 귀하게 여기는 부자의 행동을 통하여, 사람이 돈을 어떻게 다루어야 하는가를 가르쳐 주고 있습니다.

한 푼의 엽전을 살리기 위하여 세 푼의 돈을 아끼지 않는 부자의 태도에서, 돈의 가치와 효용을 아는 사람이 참된 부자가 될 수 있다는 것을 배울 수 있지요.

우리 나라 속담에 '개처럼 벌어서 정승같이 쓰라.' 라는 말이 있습니다. 이것은 비천하게 돈을 벌더라도 돈을 쓸 때는 깨끗하고 보람되게 쓰라는 뜻이지요. 즉, 돈을 모으는 것만을 목적으로 삼을 것이 아니라, 번 돈을 얼마나 잘 쓰느냐가 무엇보다 중요하다는 것입니다.

우리 나라의 돈의 역사는 오래 전부터 시작되었으나, 전국에 걸쳐서 계속적으로 유통된 것은 조선 시대 숙종 4년(1678)에 상평통보를 만들어 전국적으로 널리 퍼지도록 정책을 적극적으로 추진하고 난 후부터입니다.

이 때부터 사람들은 생산물을 팔아 돈으로 받고, 노동력에 대한 대가도 돈으로 받았습니다. 그리고 토지의 값도 돈으로 표시되었고, 소작료도 돈으로 받아 화폐 경제가 일반화되어 갔답니다.

▲ 전국에 걸쳐 유통되었던 조선 시대의 대표적인 엽전, 상평통보.